寫作的「非如此不可」，是怎麼一回事？

詩意何時、如何降臨？

何時感覺「非如此不可」？

不再「非如此不可」，是什麼意思？

「日常」與詩，對於彼此，扮演什麼角色？

在書中感覺到危險，以及祝福？

#困 #將至 #換取 #尋覓 #奪攝 #同行 #單純

那個曾經就是唯一、就是命運的「非如此不可」，
如今幻變為如何模樣呢？

圖片提供／任明信

任明信 
黃以曦 

一、詩意

——談一件生活中覺得詩意的事

這一年，每個禮拜二下午，固定會去中山旁聽《易經》。記得老師說：**以有限的符碼探問未知的生命**。當下為之震顫。藝術和文學不也正是嗎？某種人生的卜筮，聚散龐雜巨大的靈性之流，透過不同的媒介脈絡，交匯出生命的河圖。

想起第一次求卦的那堂課，由於時間有限，老師只能帶我們求出一爻（六爻為一卦）。因為下定決心，當天要求出人生的首卦，下了課便繼續留在教室，欲將剩餘的五爻求完。一邊背誦口訣，一邊算著第二爻。沒有筮竹（古代占卜儀式之物），以牙籤代替地算著，突然聽到奇怪的聲音自原先的座位傳來（因為卜卦分組的關係我換到了別的座位），轉過頭看，一隻猴子坐在桌上。牠看了我一眼，便用手翻倒罐裝飲料，讓所剩無多的糖水黏膩地流淌桌面，接著低頭舔了起來。

我回過神，想起老師說過程必須專心一意，不能中斷或被干擾，於是繼續求爻。求完第三爻，有些碎動聲在身後，慢慢轉頭，隔著一張桌子距離，正好與牠對望。我平靜地看著，猜想牠該不會以為牙籤為可口食物，彼此應沒有衝突的可能，恢復尋常心，繼續算第四爻。隱約感覺牠逐步遠離，似乎自前門走出了教室。稍微鬆了一口氣，求完第四爻，感覺牠又復返，來到原本的座位上繼續舔舐桌面。不過一會兒，竟開始檢視我座位上的背包，將裡頭的筆電和書籍隨意翻攪，確定沒有其他食物，才又悠哉地離開。當時自己已算完第五爻，剩下最後一爻便能得出卦象，但始終因為憂煩牠的再次出現而隱隱分心，於是起身，將教室前後門都關上，將掉落的背包與零星物件都收起，才回到座位上，求出最後一爻。合併六爻，上卦為澤，下卦為水，得一「困卦」，當場竟苦笑失聲。

澤下有水，卻非充沛而源源不絕之意。澤下之水是漏缺，是盡滲，漸漸流逝無計可施。然而我設想的困，是更字象上的，關在牢籠中的負枷之人，而那牢與枷鎖皆為內部所施，猴子是外物亦非外物，只因我有排己之心，於是將自己閉鎖在這樣境地。因為己不能容他，此澤便無活水能傾注，只能任其枯竭。

思畢，我嘆了口氣，起身收拾殘局，準備離開教室。

打開門，那猴子恰好守在外頭，見我出來便跑走了。留下自己看著牠灰白混雜的背影，呆立在原地。

明信，相對於你敘述的場景有豐沛意義待湧出，我想舉的詩意經驗，則是輪廓模糊、水氣氤氳的。

那是一次豔陽下旅程。漫長的車行，好友們似乎在車上聊著各種各樣事情，音樂似乎轉到最大聲，而後似乎甚至旋下了車窗，任風灌進。風聲混入音樂的強烈節拍，將其稀釋，遂流出了另一段似乎虛實相掩、有點顫抖、幾乎脆弱的旋律。似乎如此。我隱約聽見整車的人對大海正式降臨的驚呼，又或者我亦嗅聞到那個所有夏天、所有暑假的共通氣味。但我始終沒加入。

整個路途，我想著某件事情，也許是斟酌著一個對什麼的描述、再追問對那個執意斟酌的渴望；也許是釐清哪個明明該懂、卻怎樣都還差了點的概念；也許單純是，頑強對抗著那個現成、洗腦的現場，是以轉而布置另幢取代性的假秩序，像起一個和自己玩的遊戲，也像拿自己，朝這世界去發動一個遊戲。

總之，我什麼都不知道，不知道大海將至。

停好車，我們往沙灘走去。我夾在他們中間，或許超前或落後一點，我仍兀自陷於那個真在哪裡，或根本虛構，的秩序裡。我們走著、走著。離海，似乎越來越近，或許穿過什麼，或許轉幾個彎。或許我看著路，只是心不在，或許我沒看路，順隨移動，像一群魚，那麼悠遊。

在一個時間點上，我所沉浸的那個某個國度突兀收束，縮成一個光點那樣徹底滅絕。我像在一個很長的夢卻被突然推下故事的懸崖。這麼樣醒來。

儘管我其實一直沐浴在這天的豔陽，但在這一刻，我卻像剛從黑暗底，冷不防推開門，撞進一個盛滿光的房間。覆天蓋地的金色，富有量體，那麼侵略性。那麼亮，我踉蹌跌進了一種為白光給鎖進櫃子裡那種全盲。我什麼都看不見，幾乎驚慌了起來。我感覺海在正前方，地平線很長、很長，但因為我什麼都看不見，那個慌張連帶影響了讓我什麼也聽不見。

我發現我正在一個很大、太大的全白空間，它是封閉的，沒有門也沒有窗，像蛋殼。我瞬間凝縮但依然有低度活動力的感官，偵測到一套極細微的皺褶；當開闊是空間，皺褶就是時間，我感覺像是正面對著某種，未來或過去的總體。

隨著眼睛慢慢適應了光度，視野裡的元素浮現，一層接一層覆上更多細節。先是一抹混雜的色暈，然後是系列彩色光點，然後是許許多多的沙灘傘泳客與海上神氣的風帆。馬上，會看到情節。隨著看見，也聽見了比潮浪更為明亮的人們的聲響，它們推進，包裹住我。

在那個其實是錯覺的一小段時間裡，我感覺到一種，隔離、懸浮、第一次與終於來到某個我早已認識與深愛的文明，的恍惚，像是我從來不在，又像是我其實仍然不在，一切只是個預視的幻影。也就是說，我看到的是，某個可以存在、但並不存在的場景，而我因某種原因，感覺與那個極親暱，感覺曾在那裡面、瞭解一切。

「我在」的宣示，
是遠重於「我是」的。

二、非如此不可

——寫作之於人生的非如此不可或並非如此

在很長的時間裡，我感受、搏鬥、但也享受著某種關於寫作之於人生的非如此不可。它曾在一夜間悄然航至，遂轉換了我對這個世界的感知，迷惑、沉醉、驚駭，開始做著不曾想像的事，走進不曾想像的日子，成為不曾想像的人。

但就如同運勢的謎語，儘管規格宏大，但既是在哪裡起始，總將在一彼地驟然結束。一個區間關閉，來到新的一個。一個已經是新的人生，前往再新一個。那個曾經就是唯一、就是命運的「**非如此不可**」，如今幻變為如何模樣呢？

我記得許許多多的瞬間，記得看完《發條橘子》感覺整個人被破解重組的散場深夜，記得讀《魔法師》時怎樣都無法翻到下頁的顫抖，記得當我確信影評已然不夠、我必須創造一個屬於我的書寫，在那時，我在跨過時區的飛機上竟讀到不過是隨意挑選來的《如果在冬夜，一個旅人》。在那些極限又寬廣的時刻，我感覺這個世界被以另外一股力量給轉動了。所以那是「非如此不可」嗎？

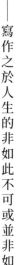

我記得自己對電影、文學、哲學許下怎樣鄭重又嚴肅的承諾。但事實上，在那之後很長的日子裡，一切終究與承諾無關，我總是從身體，而非心靈，深處，感覺到驅迫力——看更多電影、讀更多書、更多地寫下、更多地鑄成自己的寫作，像飢餓，像冷，像性的窒迫與甜，像僅僅就是活著與活下去本身。

跳出那份熱烈，用局外人的清明，我說起「非如此不可」。像是真是一份怎樣的意志：犧牲什麼，從哪裡跳出或偏移，選擇了這個，就是這個。但事情並非那樣。

在那裡，其實沒有「如此」對吧？當沒有「那個」、沒有「別的」，就也無所謂「這個」或「如此」。於是，要怎麼才能有「非如此不可」呢？日出與日落，火焰與雨露，無論狂喜絕望，無法關於另外的路，就只是在這裡。我在這裡。

如果「非如此不可」指的是「**我在這裡**」，那麼，「**不再『非如此不可』**」是什麼意思呢？我不在那裡了嗎？

我感覺我仍全副身心、整個靈魂，連上那些事物。劇烈的心動，瀕死又新生。但只是，那個哪裡，不再是特定的、具有輪廓的「什麼」了。我不再亢奮地背誦與抄寫，我不再掛念著摹畫一個完美輪廓要框出它、要讓哪個什麼獲得形體得以浮現。我只是知道了。

我不再在乎看到與再看一次，不再在乎記得與永遠記得。我只是就是知道了。那個知道，或許會浸染地改變我，或許不會。或許那可以成為我的一部分，直到最後，也或許就濛濛散去，像場清晰又充滿啟發的夢，留在另個再無相干的人生。

我想這階段，我沒有「非如此不可」了。並非因為不愛了，而是邊界解消。或許它和我都變大了，而我獲准用一種更開闊的方式，接上彼此，疊上彼此。

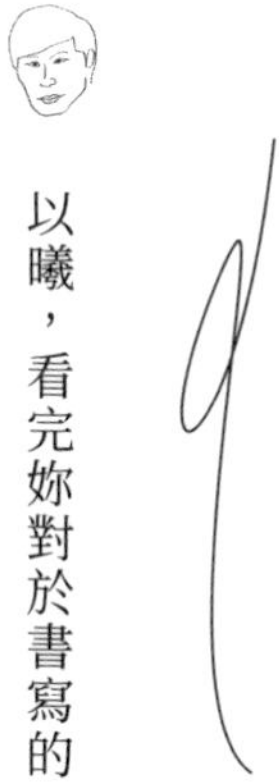

以曦，看完妳對於書寫的「非如此不可」的闡述和爬梳，我自忖似乎不能再將這件事說得更通透。因為妳所提及的「**我在這裡**」，其實已揭露出某種終極的真實，一如沙特的那句老話：**存在先於本質**。「我在」的宣示是遠重於「我是」的。而妳文末提及邊界的解消，開闊而流動的連結，則令我想到人的生活與命運的合融，像悉達多在菩提樹下頓然的理解：此身既是宇宙的微塵，亦是宇宙本身——那是生命狀態的改變隨之而來的體悟。然而關於書寫，不僅是藝術行為表象，有些底蘊的故事，我想仍可就自己的經驗試著聊些什麼。

在不同的階段有不同的認知。二十歲之前，寫字是純粹有感而發，沒有企圖與覺知，書寫的目的只為了轉譯、紀錄經驗。大學畢業前夕，遇到賴錫三老師（註一）和坎伯的《神話》，重新制定了內部世界的規則，也決心要正視閱讀和寫字。畢業後，工作了一年，意外考上東華的文學創作所，便是在那三年之中，遇到了大量的作家與作品，就此改變我的創作生命。

影響自己最大的還是顧城。記得某個失眠的晚上，自己百無聊賴地翻著他的書，不知怎地突然被詩句擊中，然後無法抑止地讀著。在那之前，我讀過顧城不曾有如此深刻的召喚，有時甚至覺得他文字太過簡明，不耐咀嚼，可是看懂的那一瞬，才發現他的口語是來自於完全內化的感知，尋常讀者是讀不懂的，只因不曾經歷過那樣的絕望。

是的，絕望。在知道他發生於激流島的事情後，又更懂了他詩句裡生命的矛盾與掙扎。於是開始思考關於創作，關於如何看似簡單，卻不容易。

舉重若輕。一則明確至極的隱喻。我想起了諾蘭的電影裡的兩位魔術師（註二），他們各自用獨到的方式完成了絕世的魔術，但那成功背後所犧牲的生活與生命中其他值得珍視的事物，則令人動容（比魔術本身更加迷人）。研究所時期的自己，就像那兩位入魔的魔術師，總自問若是要以生活換取創作，能不能夠。等價交換的煉金術，天秤的兩頭一邊是寫字，另一邊是實驗，實驗是各種能夠讓感知放大的嘗試，有時是毀壞自己，有時是別人的生活。如電影《黑天鵝》中的娜塔莉．波曼，無盡的拋擲，從混沌到另一個混沌，用破碎的困惑淬鍊囈語，以更烈的火舌造出幻影霧靄。

不知為何自己當時竟有如此的決心，願意探究危險，甚至勇於在內部一而再，再而三地赴死。以為藝術是唯一可以超越生命的事物，並且在追求的過程中定能看見某種永恆的價值。我沒想過這一路可能有錯，沒想過這一路也許會造成無法彌補的遺憾。

事後回想當時，進入創作的狂熱，像是找到了尋覓一生的傷口，在那之前只有無盡的痛楚與麻癢，始終無法親見，直到開始識字寫字了，那傷口終於越來越坦露。於是可以治療，或自虐地更摧殘它，無論如何都在互動的過程中感覺到一償宿願的喜悅。

隨著時間嬗遞，對生命的理解不再那麼局部而偏頗，那傷口似乎已結痂、風乾且成疤。狂熱也逐漸消褪，慢慢變成隱形的刺青，只在每日的呼吸中隨著身體而無聲起伏。相較於之前的積極，渴望換取，現在寫作該是植栽，不期待繁盛也不刻意灌溉，僅以日常滋養，任其自生自長。

虔心臣服於微渺的事物。
像是去擁抱某種卑微的羅列，
以此來接近生命的神祇。

換取

三、日常

——日常生活大概是什麼樣子的，而詩之於此，扮演如何的角色？
又或者反過來，日常之於詩，扮演如何的角色？

日常是起床，確認自己醒，離開床便開啟了未竟之旅。洗臉刷牙，上廁所，吃飯。每一步都是為了更遠的待辦，每一站都是前往下一個行程的過道。經驗，感受，權術，財富，生活裡的事物皆會削減或累積，各自有隱形的計量，存於個體的潛在履歷。為了活得更加安全，便利，舒適，於是人要算計，衡量自己的能耐，臆度靈魂與身體的承載，去規劃，數算看不見的未來。

然而無常，藏在日子裡。如果生活是一則複雜公式，無常就是括弧外的一枚簡單係數，小小的未知，但能夠動搖整座公式的導向。無常是混沌，不明確，神祕而無自性的狀態。無常不是選擇，也不是不選擇，它僅是一切「理所當然」的倒反。而詩呢，抽離文字，詩意的本體是所有深刻，美好而神祕的感受。是感受的本身，迷離的狀態，可以發生自一場雨，日之落，朋友的揮別手勢，情人不經意的擁抱。它在無可預期的情境下出現，直接空降，突擊生活。它的出現並不影響公式本身，它甚至不存在式子裡，卻能轉化公式的核心和質地。

偶有突然被撞擊的瞬間，可能來自內部的自言自語，也可能是日常生活的傾斜，那些尋常的物事在瞬間以曖昧而朦朧的姿態開始訴情衷。於是有字，有煙火，有走在海岸的人，揀擇沙灘的石貝，它們每一顆都有自己片段的故事，都是世界局部的真理。它們向你訴說美與險惡，向你訴說溫柔與決裂。你在傾聽的時候常常失魂落魄，因為那歌聲太迷媚，令人忘卻現實，你知道你必須聽，但也不能聽，歌有自己的生命，你也有自己。與時俱進地慢慢練習，你也學會了魂不附體，靈肉分離，在神入的時刻也能維持日常的形狀。

詩是如此的破碎又完整，零星的局部便是獨立的宇宙。而人是載體，不同的靈魂有不同的介質。對畫家而言，詩是顏色和輪廓；對詩人來說，詩是文字，僅是感受和詮釋的方式不同，對美好神祕的憧憬是一樣的。它需要人去深入生活，但又獨立於生活之外。當你窺見時，它是日常的小小餽贈，也是小小奪攝，像那恆存的無常，靜靜候著，卻不等待誰的到來。

明信，日常是怎麼樣的呢？日常與詩的關係？那是什麼意思？我竟想了非常久。儘管常常在寫作裡派上「日常」此一字眼作為某個對照，相對於另一更銳利而意義超載的事態。可撇開辯證式使用，回到具體的、現實裡某確實且令人安心或容許心不必非在不可的「日常區間」，那究竟是什麼模樣呢？

獨居、沒有上班、沒有固定行程、沒有狗也沒有花，在這樣情況，能構成「日常」嗎？如果每天都是張白到駭人的紙，用力尋思，只塗得上幾句，仍有那麼多那麼多的白，則此一固定動作與產出的結果，協力完成的算得上是「日常」嗎？

可其實，也不是原就如此。多年來，我一直奮力對抗某種下墜、消失、毀滅，要把詩，把我所看見與渴望的，帶進此一世界。以對的字句，對的韻律，是那樣儘管從無到有，儘管危險，卻寧靜而當然的存在。我生活得極規律，一邊扮演好影評人的角色，張羅基本生活，一邊貪婪地閱讀，一邊將攝取的美，將由此召來的魔性，轉換成彼一獨立宇宙，即是我的寫作。那段歲月，我的日常並非由食衣住行組成，我恍惚滑過一切現實環節，我的日常只是思考與讀寫，而它們生產的意義互相嵌合，鎖上在此或彼個虛構介面，由此令整體仍顯得均勻。一張面目疏離、不出聲響的平面。那是我曾習慣許久的日常。

但在書出版後，在未有任何具體的下一本書的方向，也不再真的屬於那個看似占據我整個生活的影評人身分，這樣情況下，我感覺到陷入幾乎是致命的失重。

這種「缺乏日常」的處境，並非尋常，但能遭遇它，仍是好的。慢慢地彼此折磨，看那是什麼，會有什麼，日子原來也有這樣面貌。某種剛歷經重大轉變後的生活的樣子。在這裡面，我有沒有、能不能，調和出一個新的日常？詩，又有沒有、能不能，在其中扮演一個角色？

我在想，或許危險恰恰在於，這段日子裡，只有詩，而沒有日常。當我訓練出對現實的漠然，讓閱讀與寫作的進程成為絕對的日常軸線，由此界定唯一的秩序網格。那麼，當撤除了「要朝向哪裡」的讀與寫，那個仍自動運轉的現實環節，高亢地顯出了其具有重量但無處可去的虛無。

現實及其細細碎碎，原本或也仍是，詩的前身或本質，且因為沒有寫作的貪婪試探，而被容許流動湧變，是更純淨的狀態。一度，關於那個，與其說是覺得迷人，不如說覺得神祕。是以，我有意識地追求對意識的鬆手，並自以為看到事物的平行與倒轉，覺得能更多地操弄記憶與遺忘，想詩的觸感，能由此展開成更立體的維度。

只是，詩儘管是有觸感的空氣，它仍得是一個與另一個字，在一張與下一張紙。或許是新的寫作計畫，或許是重新耙梳一個、下一個與每一個日子的形廓，重新獲得日常，詩才能真正被肯認。落定某個樣態，才能從那裡，染暈給遙遠的誰或我的日常。

詩儘管是有觸感的空氣，
它仍得是一個與另一個字，
在一張與下一張紙。

四、閱讀

——近來最被打動的書

有一天，我在邁阿密看到四個年輕美國女孩，在一間餐廳的露天座位上，靜靜地吃著超大份量的、糊糊爛爛、淋上黏稠糖水的食物。她們並非狼吞虎嚥，而是慢條斯理地吃著，彷彿要吞下整個世界。四個年輕的食人妖正在努力工作。這當中蘊含著某種悲劇性，……那是一種贖罪的獻祭，以及當人們面對這種真正的現代焦慮時有多麼無能為力，除非採取這樣的手段。我用眼角餘光偷瞄這四個年輕女孩，思忖她們是否隱藏著什麼樣的恐懼、什麼樣的不滿。

——《與脆弱同行》

最近讀了《與脆弱同行》，實在很特別。該書作者卡里耶爾是和布紐爾長期合作的編劇，包括了《中產階級拘謹的魅力》等作品，也曾將鈞特．葛拉斯的《錫鼓》和昆德拉的《生命中不可承受之輕》改編成電影劇本。《與脆弱同行》是一本很難從周邊資訊去預想的，甚至連讀了，都仍有種難以捉摸的書。

以「**脆弱**」為題，但作者的取徑是呈現一幕幕活著的險巇，那其中許多，我們或許原本不會用「脆弱」來解讀，它們只是人世或人，的各種歪斜、扭曲、荒謬、過熱或過冷、超載或空乏，它們可能是一個神祕的行為轉變，可能是一場懸而無決的對峙，那裡頭有著謎那樣的東西，那原本是可以用各自脈絡，由迴異邏輯、概念和主題去分別討論的，但卡里耶爾竟將它們精鍊收到單一點，即是「脆弱」，像是只要穿透何謂脆弱，你就掌握人性與文明每一層意涵。

從書的主旨看，似乎已相當特別，但這設定要付諸實現，是更不規則的躍行。比起談這書，我更想描述這個古怪的閱讀經驗：

「與、脆弱、同行」？乍看或某意義上，這太像那種連作者在書中也抱怨的自助書籍（「……**增強自信心的心理喊話**……**石膏般的語言，蒼白的句子**……**某種不斷從眼前溜過，但不會在我們精神上留下半點痕跡的東西**……**一種什麼都沒說的文學**」）。一開始我得強迫自己去讀它，帶著對作者的信任，帶著對這題材的書的不信任，兩種極端的心情拉扯著，妥協不出平衡。剛開始的幾頁，不耐煩又悲觀，又生氣要自己冷靜。然後，在一處夾縫，我鑽進去了。那迷人而罕見的思維與敘述方式，我戰慄地著迷。

書的密度很大，我得時時停下思考。作為電影人的作者對意象有著厲害的觀察、想像與描述能力，每張圖景從書頁浮現時，誘人徘徊不捨，像看電影時在美好時刻停格的夢想成真。因為如此，我常得中途離開這書。困難在於，當要再回來，又會陷入最初翻開書時的掙扎。

每一次離開，每一次回來，都遲疑又痛苦。明明一旦進入書，就感覺無懈可擊，可是只要離開，那個關於「脆弱」的拆解，就又變回了單純一條筆直的線，那條我自以為早熟知的線。這真是非常奇怪的經驗。

我想原因在於，《與脆弱同行》打著一個極現實性、一般性的題材，可事實上它是本終究活在虛構世界的書。換句話說，作者口口聲聲講得像是那可以是種人生存於世宜隨身攜帶的哲學思索，可事情並非如此。書裡的一切只在書裡成立。這種「對不準」令得作為讀者的我，必須努力逃離作者的宣稱，每時刻都要翻越字句地提醒自己，這書終究是關於角色的雕塑、洞察與拆解，其所帶來的領悟，得是虛構世界之作為隱喻所透露的，無法被現成取用。那些我們直接看到的一切，全是間接的，是雙層或多層的。

因為這書一直出現像現實之書的音調，那干擾著我，迴盪著某種自助書籍的簡化方便，所以我一分心就會感到排斥。

以曦，與脆弱同行，這書名已隱隱然打動著我了。隨著年紀，自己似乎也越來越相信許多偉大的情狀，總是發生在虔心臣服於微渺的事物之下，像是去擁抱某種卑微的羅列，以此來接近生命的神祇。我這陣子其實沒讀什麼新書，幾乎都在重看過去喜愛的書籍。但有一本詩集始終讓自己心心念念，每次想到都會低迴不已。

願我明白得徹底，清晰可見
直面死亡絕望的寂滅
接受這寂滅

抵達哪裡，就死於哪裡
願我無名而遼闊

——安貧，〈願我無名而遼闊〉

三餘書店二樓的書櫃上，收著一本簡體詩集，名為《把飢渴面向單純的事物打開》。是朋友赴北京遊歷時意外看到。輕薄的黑色小書，沒有特殊的封面和設計，除了書名之外只有一行字：安貧詩歌三十六首。背面標明朴道草堂書店出品，再無其他線索。此詩集不到七十頁，但每次信手翻閱，都會被書裡的字句深深打動。

甚至不確定作者是否便是那安貧詩歌指的「安貧」，畢竟也可能是作者內部的狀態，或賦予詩歌的期待。對這兩字，在他詩集的第一首詩裡已開宗明義地闡述：**我註定是屬於某種貧窮的／我看見了**。**接受了／於是才開始迷上安靜**（〈種樹的人遲早會看到一樹繁花〉）。他的詩歌樸實而深刻，簡約而處處充滿洞見，短如〈我們都是擦肩而過的人〉其中一行：**虛無的，已經虛無過了**。我以為這樣的創作者，必定更懂得生命，因為樸實需要智慧，簡約需要單純，兩者是天賦與修行融合的結果：**我想**

觸摸一下／那些美得令人心碎的東西／這要慢慢等待（〈我就是一株步行的青草〉）。最最著迷的是他詩中謙沖的口吻，坦然的卑微，毫無保留地將權柄交與孕育的土地，自然界與神靈。

> **我來世上是為完成自己的**
> **沒有奉獻，也無恩典**
> **潛心打磨自己的質地**
>
> **巨神離我很遠**
> **我如此渺小，背不動沉重的經卷**
> **把我流放到哪裡都是恰當的**
>
> ——安貧，〈把我流放到哪裡都是恰當的〉

詩集每首詩長度差異不大，是由零星的文字段落組合而成，均以詩中的文句為題，渾然而天成，沒有太特殊的結構，但有美好語言的音樂性。很喜歡他像智慧老人般地點出生命的荒謬和矛盾：**孩子呀，痛苦不能證明你的清白／當一切自然而然／你將獲得人的完整／於是你就不再迷戀聖靈**（〈孩子呀，痛苦不能證明你的清白〉）；溫柔地爬梳人世並給予祝福：**不要對人群寄予厚望／對誤解迷戀、緊張／你來到世上不是為了看到更長的影子／而是成為純潔的火焰**（〈你來到世上不是為了看到更長的影子〉）。彷彿看見老子與其座下敦厚的青牛，看似漫不經心地嚼草，卻擁有無比覺察的心神。

安貧的詩歌亦讓我想到顧城，有同樣深刻的知覺，但沒有他的絕望。讀的時候，像是從很小的物事重新遇見自己平淡的渴求，如牧歌，任其悠遠地唱，一直聽著，覺得溫暖，且可以跟隨。最好的詩歌似乎便是如此，讓人願意放下生命的破碎，不再誤會它們的完整。

莫讓思想逾越了你的靈魂。

莫讓智慧大於你的仁慈。
只認識一條道路。
就只在這條道路上抵達和遇到。
美不值得追求。
種樹的人遲早會看到一樹繁花。

——安貧，〈種樹的人遲早會看到一樹繁花〉

（發表於《印刻文學生活誌》一七二期，二〇一七年十二月）

註釋

註一——賴錫三：中山大學中文系特聘教授。主要從事當代新道家的重構與跨文化莊子學的推廣。著有《莊子的跨文化編織》等多部專書。

註二——指英國電影導演諾蘭（Christopher Nolan）二〇〇六年的作品《頂尖對決》（*The Prestige*）。

譯名對照

沙特 Jean-Paul Sartre（法國作家、哲學家）

延伸閱讀

約翰・符傲思（John Fowles），《魔法師》，陳安全等譯，台北：皇冠，二〇〇四年。

伊塔羅・卡爾維諾（Italo Calvino），《如果在冬夜，一個旅人》，倪安宇譯，台北：時報，二〇一九年。

喬瑟夫・坎伯（Joseph Campbell），《神話的力量》（原名《神話》），朱侃如譯，台北：立緒，二〇一五年。

尚－克洛德・卡里耶爾（Jean-Claude Carrière），《與脆弱同行》，郭亮廷譯，台北：漫遊者文化，二〇一七年。

史丹利・庫柏力克（Stanley Kubrick）導演，《發條橘子》，一九七一年。

戴倫・阿洛諾夫斯基（Darren Aronofsky）導演，《黑天鵝》，二〇一〇年。

掘蕪

任明信

對寫，本身是和聲亦是並置。它最美妙的地方，不僅是傾聽彼此的思索脈絡，生命摹寫，再予以回應。而是在聆賞的瞬息片刻，挖掘隱藏在字句中的眼瞳和心神。那是創作者所獨有的虔誠，如遭逢大旱的農人，在世界中無悔地墾鑿、揀擇生命的荒蕪和繁盛。

任明信

高雄人，十一月生，東華大學創作暨英語文學研究所畢。

喜歡夢，冬天，寫詩，節制地耽溺。

著有詩集《你沒有更好的命運》、《光天化日》、《雪》，散文集《別人》。

攝影／Yvonne Lin

黃以曦

作家，影評人。著有《謎樣場景：自我戲劇的迷宮》、《離席：為什麼看電影》。